交番のヒーロー

Kouban-no Hero

おしごとのおはなし 警察官

如月かずさ 作

田中六大 絵

講談社

「きみ、ちょっとまって。」

ミニバスの練習《れんしゅう》がおわって、家《いえ》に帰《かえ》るとちゅう、おれはいきなり声《こえ》をかけられた。

キキッ、と自転車《じてんしゃ》を止《と》めてふりかえると、交番《こうばん》のまえにいたおまわりさんが、おれのほうにやってきた。こん色《いろ》の制服《せいふく》とぼうしの、すごく若《わか》そうなおまわりさんだ。

地域安全運動実施中

えっ、おれ、なにかおこられるようなことした⁉　おまわりさんによびとめられるなんてはじめてで、おれがドキドキしていると、おまわりさんはやさしくおれに言《い》った。

「自転車《じてんしゃ》のライト、つけてなかったね。くらいときはつけないとあぶないよ。」

しまった、うっかりわすれてた。

おれはすぐに、ごめんなさい、とあやまって、自転車《じてんしゃ》のライトをつけた。

それからまた自転車《じてんしゃ》にのりかけたところで、おまわりさんがつぶやくのがきこえた。

「あれ、きみはもしかして……。」

おまわりさんはなんだかおどろいた顔《かお》をしていた。だけどおれは、もうおなかぺこぺこで、早《はや》く帰《かえ》って夕飯《ゆうはん》が食《た》べたかったから、気《き》にせず自転車《じてんしゃ》のペダルをこぎだそうとした。

ところがそのとき、おまわりさんがまたおれを止《と》めた。

「いや、まちなさい。きみのように危険《きけん》な自転車《じてんしゃ》の運転《うんてん》をする子《こ》どもを、このまま家《いえ》に帰《かえ》すわけにはいかないな。」

おれは「へっ？」とおまわりさんの顔《かお》を見《み》あげた。するとおまわりさんは、ベルトにつけた小《ちい》さなカバンから、じゃらりと銀色《ぎんいろ》の手錠《てじょう》をとりだした。

「たいほだ。おとなしく両手《りょうて》をまえにだしたまえ。」

「え――――っ⁉」

たいほ⁉　たいほって、こんなかんたんにされちゃうもんなの？　いや、それよりたいほなんてされてたら、夕飯《ゆうはん》ぜったい食《た》べられないじゃん！　きょうの夕飯《ゆうはん》、大好物《だいこうぶつ》のカレーなのに！

「あ、あのっ、おまわりさん、今夜《こんや》はカレーだから、たいほはまたこんどに……。」

必死《ひっし》にたのみこんでいたら、おまわりさんが、ぷっ、とふきだした。おれがその反応《はんのう》にぽかんとしてしまうと、おまわりさんは手錠《てじょう》をしまってあやまってきた。

「わるいわるい、じょうだんだよ。しかし、夕飯《ゆうはん》がカレーだ

からたいほはやめて、って、ナオトはあいかわらずくいしん
ぼうみたいだな。」

「えっ、なんでおれのなまえ知《し》ってるの！」

びっくりしてたずねると、おまわりさんは「おいおい、おれの顔《かお》、わすれちゃったのか？」と言《い》って、ぼうしのつばをくいっとあげた。

見《み》おぼえのある、きりっとしたまゆとやさしそうな目《め》。まさか、とおれが思《おも》っていると、おまわりさんはびしっと敬礼《けいれい》をしてから、その手《て》をぎゅっとにぎってまえにつきだした。

それはおれが幼稚園《ようちえん》のころに好《す》きだった特撮《とくさつ》ヒーロー『超甲《ちょうこう》刑事《けいじ》ゼノデッカー』の決《き》めポーズだった。

そのポーズを見《み》て、おれはカンペキに思《おも》いだした。

「まさか、マモ兄《にい》ちゃん⁉」

「ああ、ひさしぶりだな、ナオト。」
むかしとかわらないえがおで、マモ兄《にい》ちゃんがニッと歯《は》を見《み》せた。

マモ兄《にい》ちゃんは、おれが小学生《しょうがくせい》になるちょっとまえまで、おれんちのとなりに住《す》んでいた。おれの母《かあ》ちゃんがマモ兄《にい》ちゃんの母《かあ》ちゃんと大親友《だいしんゆう》だったから、それでおれもマモ兄《にい》ちゃんとなかよくなった。幼稚園《ようちえん》のころ、おれはいつもマモ兄《にい》ちゃんにあそんでもらっていた。

そのころマモ兄《にい》ちゃんはもう高校生《こうこうせい》で、もしかしたらすごくいそがしかったのかもしれない。だけど、おれがあそびにいくと、いつもぜんぜんいやがらずに、おれのあいてをしてくれた。いっしょにゲームをしたり、特撮《とくさつ》ヒーローごっこをしたり、公園《こうえん》でボールなげやおいかけっこをしたり。

マモ兄《にい》ちゃんは、とにかくカッコよくてやさしかった。おまけに運動神経《うんどうしんけい》もバツグンで、高校《こうこう》のバスケット部《ぶ》でもキャプテンとして大《だい》かつやくしていた。おれがバスケをはじめたのも、マモ兄《にい》ちゃんのえいきょうだ。

自転車《じてんしゃ》ののりかたも、さかあがりのしかたも、みんなマモ兄《にい》ちゃんが教《おし》えてくれた。おれがこまったり泣《な》きそうになったりしていると、いつもマモ兄《にい》ちゃんがたすけてくれた。

特撮番組《とくさつばんぐみ》のなかみたいに、変身《へんしん》して悪《あく》の怪人《かいじん》とたたかったりはしないけど、幼稚園《ようちえん》のころのおれは、マモ兄《にい》ちゃんのことをヒーローみたいに思《おも》っていた。

「今月《こんげつ》から、この交番《こうばん》ではたらいてるんだよ。近《ちか》いうちに、ナオトの家《いえ》にもあいさつにいこうと思《おも》ってたんだ。」

マモ兄《にい》ちゃんがおれに言《い》った。マモ兄《にい》ちゃんは高校《こうこう》を卒業《そつぎょう》したあと、警察学校《けいさつがっこう》ってところにいっていたらしい。そこで勉強《べんきょう》をしたり、くんれんをうけたりして、警察官《けいさつかん》になったんだ、とマモ兄《にい》ちゃんは教《おし》えてくれた。

おれはもっとマモ兄《にい》ちゃんと話《はな》したかったけど、マモ兄《にい》ちゃんはおれをなだめて言《い》った。

「大好物《だいこうぶつ》のカレーがまってるんだろ。帰《かえ》りがおそくなると、おばさんも心配《しんぱい》するしな。またこんど、ゆっくり話《はな》そうぜ。」

「ぜったいだよ、ぜったいだからね!」

おれはそうやくそくして、マモ兄《にい》ちゃんとわかれた。

帰《かえ》り道《みち》、おれはすっかりこうふんしていた。ひさしぶりにマモ兄《にい》ちゃんと会《あ》えたのもうれしかったし、マモ兄《にい》ちゃんが警察官《けいさつかん》になっていたのもびっくりだった。

警察官《けいさつかん》だなんて、特撮《とくさつ》ヒーローの『超甲刑事《ちょうこうけいじ》ゼノデッカー』みたいじゃないか、とおれは思《おも》った。『ゼノデッカー』の主人公《しゅじんこう》の警察官《けいさつかん》、変身《へんしん》するまえもカッコよかったもんな。マモ兄《にい》ちゃんもあの主人公《しゅじんこう》みたいに、きっとすごくカッコいい仕事《しごと》をしてるんだろうなあ。

事件《じけん》の現場《げんば》をしらべてしょうこを見《み》つけたり、にげる犯人《はんにん》をパトカーにのってもうスピードでおいかけたり、拳銃《けんじゅう》をかまえて「うごくな、警察《けいさつ》だ！」ってけいこくしたり……。

「くぅ――っ、やっぱりマモ兄《にい》ちゃんはカッコいいなあ！」
考《かんが》えているうちにがまんできなくなって、おれは自転車《じてんしゃ》を
こぎながらそう声《こえ》をあげた。

マモ兄《にい》ちゃんがはたらいている交番《こうばん》は、通学路《つうがくろ》のすぐそばにある。おれはつぎの日《ひ》から、学校《がっこう》の行《い》きかえりに寄《よ》り道《みち》をして、交番《こうばん》をのぞくようになった。マモ兄《にい》ちゃんに、また会《あ》いたかったからだ。

だけどマモ兄《にい》ちゃんは、なかなか交番《こうばん》にいなかった。どこかで事件《じけん》のそうさをしたり、犯人《はんにん》をおいかけたりしているのかもしれない。交番《こうばん》をのぞくたび、おれはマモ兄《にい》ちゃんががつやくしているところを想像《そうぞう》してわくわくしていた。

ところが、つぎに会《あ》ったとき、マモ兄《にい》ちゃんは凶悪犯《きょうあくはん》をおいかけてもいなかったし、犯人《はんにん》のとりしらべもしていなかった。交番《こうばん》のまえで、自転車《じてんしゃ》にのったしらがのじいちゃんに、

ガミガミおこられていたのだ。

「いいか、わしはまじめな市民《しみん》なんだぞ！
そのわしを自転車《じてんしゃ》どろぼうとまちがうとは、
どういうつもりだ！」
じいちゃんはもうカンカンで、
マモ兄《にい》ちゃんはぺこぺこあやまりまくっている。
とっさに電柱《でんちゅう》のかげにかくれながら、
おれのむねはギュッとなった。
カッコいいマモ兄《にい》ちゃんがぺこぺこしている
すがたなんて、見《み》たくなかった。
自転車《じてんしゃ》のじいちゃんがいなくなったあとで、
おれは「マモ兄《にい》ちゃん。」と声《こえ》をかけた。

マモ兄《にい》ちゃんはえがおでおれをふりかえると、敬礼《けいれい》をした手《て》をにぎりこぶしにして、正面《しょうめん》につきだした。『超甲刑事《ちょうこうけいじ》ゼノデッカー』の決《き》めポーズ。

じつはマモ兄《にい》ちゃんは特撮《とくさつ》ヒーロー番組《ばんぐみ》が大好《だいす》きで、ヒーローの決《き》めポーズや必殺技《ひっさつわざ》はなんでも知《し》ってる。とくに『ゼノデッカー』は、マモ兄《にい》ちゃんもおれも大《だい》のお気《き》に入《い》りで、おれが幼稚園《ようちえん》のころは、その決《き》めポーズをするのが、おれとマモ兄《にい》ちゃんのあいさつがわりになっていた。

だけどおれは、さっき見《み》たマモ兄《にい》ちゃんのすがたがショックで、決《き》めポーズのあいさつをかえすことができなかった。

「……あのさ、なんであんなにあやまってたの？」

「いや、あのおじいさんの自転車《じてんしゃ》が、すこしあやしかったから、ぬすまれたものかもしれない、と思《おも》ってたずねてみたんだ。そしたら自転車《じてんしゃ》はたしかに本人《ほんにん》のもので、どろぼうあつかいするな、ってしかられてたんだよ。まあ、よくあることさ。」

これくらいなんでもない、というふうに、マモ兄《にい》ちゃんはかたをすくめた。けど、よくあることって、いつもさっきみたいにあやまってるってこと？

たしかめたかったけど、ほんとうにそうだったらいやだった。だからおれは、べつの話《はなし》をすることにした。

「マモ兄《にい》ちゃん、きょうは事件《じけん》のそうさにはいかないの？」

「うん？　事件《じけん》のそうさ？」

「ほら、事件《じけん》の現場《げんば》で
いろいろしらべたり、
もくげき情報《じょうほう》の
ききこみをしたりとかさ。」

「ああ、ナオト、おまえ、
おまわりさんと刑事《けいじ》が
ごっちゃになってるんだろ。
そういう事件《じけん》のそうさは、
おまわりさんじゃなくて
刑事《けいじ》の仕事《しごと》なんだよ。」

それをきいたおれは、えっ、
とびっくりしてしまった。
「おまわりさんと刑事《けいじ》って、
おんなじ意味《いみ》じゃないの⁉」
「ちがうちがう。刑事《けいじ》っていうのは、
事件《じけん》のそうさを専門《せんもん》にする警察官《けいさつかん》のこと。おまわりさんはこういう制服《せいふく》をきて、基本的《きほんてき》に交番《こうばん》ではたらいていて、おもに事件《じけん》のそうさとはべつの仕事《しごと》をしてるんだ。」
べつの仕事《しごと》って、とおれはたずねた。
「たとえば、町《まち》のパトロールはおまわりさんの代表的《だいひょうてき》な仕事《しごと》のひとつだな。わるいことをしている人《ひと》がいないか、自転車《じてんしゃ》

で町《まち》のなかを見《み》てまわるんだ。」

「それで、わるいやつがいたら、拳銃《けんじゅう》をかまえてけいこくするんでしょ？」

「しないしない、ふつうにもしもしって話《はな》しかけるんだ。拳《けん》銃《じゅう》なんて、くんれんのときしかつかったことないよ。」

マモ兄《にい》ちゃんは、にがわらいをしてつづけた。

「それから、一一〇番《ばん》の通報《つうほう》があったとき、いちばんに現場《げんば》にとんでいくのも、おれたちの仕事《しごと》。とくに交通事故《こうつうじこ》の一一〇番通報《ばんつうほう》は一日《にち》に何件《なんけん》もあるんだ。そういう通報《つうほう》があると、おれたちは事故《じこ》の現場《げんば》に急行《きゅうこう》して、事故《じこ》をおこした人《ひと》から話《はなし》をきいたり、交通整理《こうつうせいり》をおこなったりするんだよ。」

「殺人事件《さつじんじけん》とか、ごうとう事件《じけん》の通報《つうほう》もあるんだよね。ドラマのなかみたいな。」

「まあ、ごくたまにはあるだろうけど、ドラマみたいに事件《じけん》のトリックを推理《すいり》したり、犯人《はんにん》はおまえだ、とかやったりはしないぞ。さっきも言《い》ったとおり、事件《じけん》のそうさは刑事《けいじ》の仕《し》事《ごと》だから、そういう事件《じけん》でおまわりさんがする仕事《しごと》は、専門《せんもん》の刑事《けいじ》がやってくるまで、現場《げんば》があらされないように見《み》はりをするとかだな。」

なんだか地味《じみ》でぱっとしない仕事《しごと》だった。だけど、そんな地味《じみ》な仕事《しごと》ばかりじゃないはずだ。なんてったって、マモ兄《にい》ちゃんがやってる仕事《しごと》なんだから。

「ほかには？　ほかには仕事《しごと》はないの？」

「もちろん、仕事《しごと》はまだまだあるぞ。道案内《みちあんない》とか、落《お》としものをあずかったりとか。ほかにも、となりの家《いえ》がうるさいからなんとかしてくれ、とか、庭《にわ》にでっかいヘビがでたからたすけてくれ、とか、交番《こうばん》にはいろいろな相談《そうだん》がもちこまれるから、おまわりさんは大《おお》いそがしなんだよ。」

マモ兄《にい》ちゃんは、どうだ、すごいだろ、みたいな顔《かお》をしてみせた。だけどおれは正直《しょうじき》、ものすごくがっかりしていた。おまわりさんの仕事《しごと》は、おれが想像《そうぞう》していたカッコいい仕事《しごと》とは、ぜんぜんちがっていた。

拳銃《けんじゅう》を片手《かたて》に、凶悪《きょうあく》な犯人《はんにん》をさっそうとおいかけるマモ兄《にい》ちゃんのイメージが、パチン、とはじけて消《き》えてしまった気《き》がした。

そのあとも、おれはしょっちゅう交番《こうばん》に寄《よ》り道《みち》して、マモ兄《にい》ちゃんやほかのおまわりさんが、どんな仕事《しごと》をしているかを、こっそり観察《かんさつ》していた。
マモ兄《にい》ちゃんはああ言《い》ってたけど、じつはほかにもっといろいろ、カッコいい仕事《しごと》をしているんじゃないか。おれはそう期《き》待《たい》していたけど、ぜんぜんそんなことはなかった。

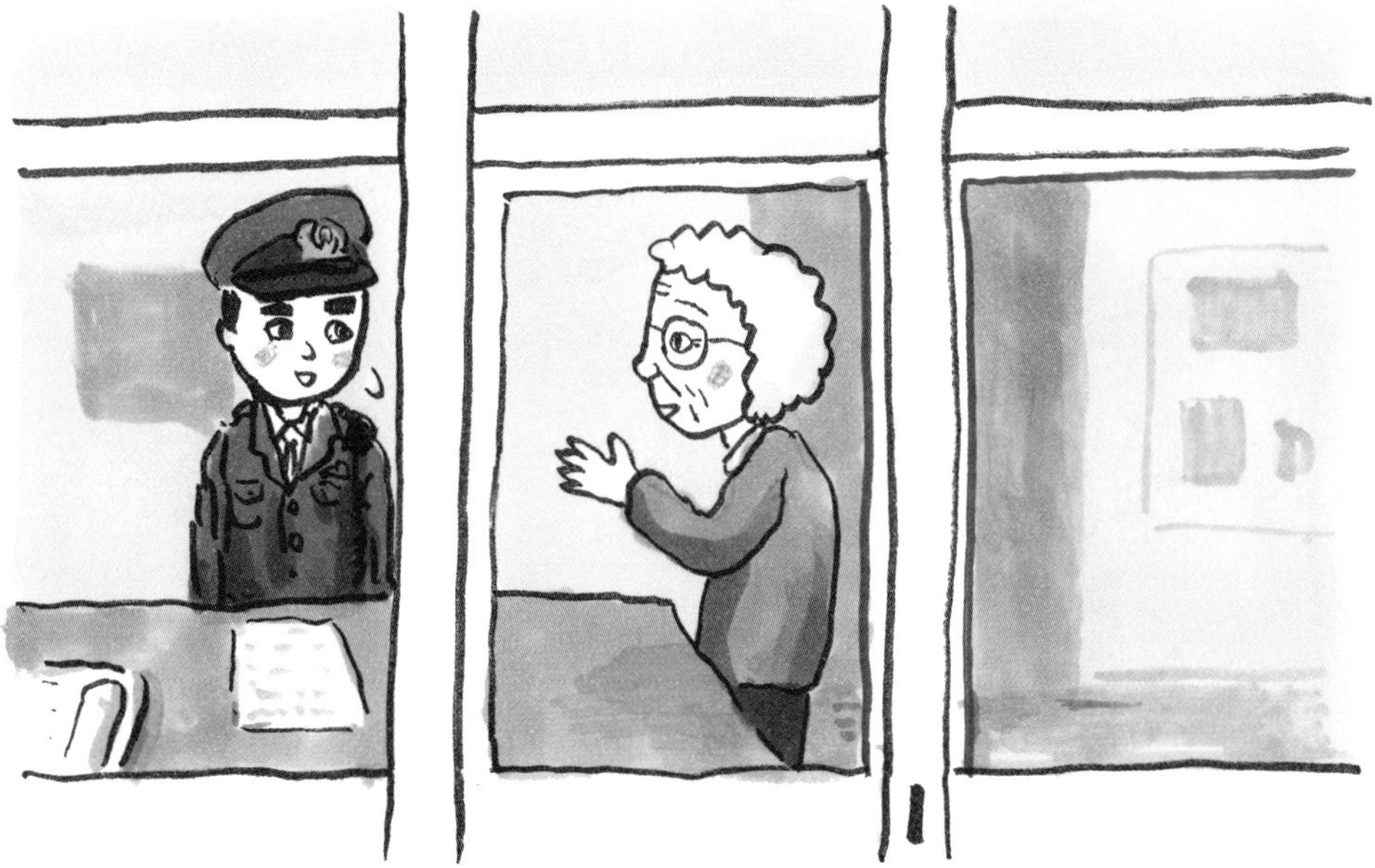

交番《こうばん》のおまわりさんは、マモ兄《にい》ちゃんが話《はな》していたように道《みち》案内《あんない》をしたり、交番《こうばん》のまえに立《た》って、道《みち》をとおる人《ひと》たちにあいさつをしたり、自転車《じてんしゃ》にふたりのりしている中学生《ちゅうがくせい》を注意《ちゅうい》したりしていた。交番《こうばん》のなかで、どこかのばあちゃんと長話《ながばなし》をしていることもあった。たぶんあれは、ばあちゃんの相談《そうだん》をきいていたんだろうけど。

「ほんとに地味《じみ》な仕事《しごと》ばっかりなんだな……。」

どうしてマモ兄《にい》ちゃんは、おまわりさんなんかになろうと思《おも》ったんだろう。

ちっとも理由《りゆう》がわからなくて、ためしに母《かあ》ちゃんにそうきいてみたら、逆《ぎゃく》にききかえされた。

「どうして、って、どうしてそれが気《き》になるの？」

「だってさ、おまわりさんの仕事《しごと》って、すっげえ地味《じみ》でカッコよくないじゃん。道案内《みちあんない》とか、落《お》としものをあずかるのとか、おれだってできるし。マモ兄《にい》ちゃんだったら、もっとカッコいい、ぴったりな仕事《しごと》がいっぱいあるのに。」

そうこたえたとたん、せんたくものをたたんでいた母《かあ》ちゃんが、顔《かお》をあげてじろっ、とおれをにらんだ。

「あんた、マモルくんにそんな失礼《しつれい》なことを言《い》ってないでしょうね？」

「い、言《い》ってない、言《い》ってないってば。」

「ならいいけど。いい、おまわりさんの仕事《しごと》は、たしかにちょっと地味《じみ》かもしれないけど、すごく大事《だいじ》な仕事《しごと》なのよ。」

母《かあ》ちゃんの声《こえ》がお説教《せっきょう》モードになりかけていたので、おれはあわてて正座《せいざ》をした。

「おまわりさんがいつも町《まち》をパトロールしてくれてるから、わるいことをしようって人《ひと》もへって、わたしたちは安心《あんしん》してくらせてるんじゃない。道案内《みちあんない》や落《お》としものをあずかるのだって、おまわりさんがしてくれなかったら、こまったときにどこをたよればいいか、わからなくなっちゃうでしょう?」

「そりゃあ、まあそうだけど……。」

「それにね、おまわりさんって、とってもたいへんなんだから。そんなたいへんな仕事《しごと》を、すすんでえらぶなんて、マモルくんはすごいと思《おも》うわ。」

母《かあ》ちゃんはそうつづけてから、時計《とけい》を見《み》て言《い》った。

「それより、そろそろしたくをしないと、ミニバスの練習《れんしゅう》におくれるんじゃないの？」

「やばっ、ほんとだ！」

おれはいそいでしたくをすると、自転車《じてんしゃ》にのって練習《れんしゅう》に出発《しゅっぱつ》した。

練習場所《れんしゅうばしょ》の体育館《たいいくかん》にむかうとちゅう、
おれは交番《こうばん》のまえで自転車《じてんしゃ》を止《と》めた。
交番《こうばん》のなかをのぞくと、
マモ兄《にい》ちゃんはまじめな顔《かお》で
書類《しょるい》を書《か》いていた。
あんまりしんけんに仕事《しごと》を
しているから、声《こえ》をかけるのは
やめておいた。
また自転車《じてんしゃ》を走《はし》らせながら、
おれはマモ兄《にい》ちゃんが
おまわりさんの仕事《しごと》をしている

すがたを思《おも》いだしていた。
べつにわるいことを
したわけじゃないのに、
ガミガミおこられたり、交番《こうばん》のまえに、
びしっとした姿勢《しせい》で、ずっと立《た》って
なくちゃいけなかったり……。
たしかに母《かあ》ちゃんの言《い》うとおり、
たいへんな仕事《しごと》なのかもな。
なんとなくそう思《おも》ったけど、
マモ兄《にい》ちゃんがなんでおまわりさんに
なったのかは、やっぱりわからなかった。

その夜《よる》、おれは大《おお》きな声《こえ》で目《め》をさました。

家《いえ》のまえの道《みち》で、だれかがさわいでるみたいだ。うるさいなあ、もう。これじゃあ、ねられないじゃないかよ。

ねむい目《め》をこすりながら、カーテンをちょっとだけあけて、家《いえ》のまえを見《み》おろしてみると、べろべろによっぱらったおじさんが、道《みち》にすわりこんでさわいでいた。そしてそのおじさんを、パトロール中《ちゅう》のおまわりさんが注《ちゅう》意《い》している。

おまわりさんは、よっぱらいのおじさんを立《た》たせて、家《いえ》に帰《かえ》らせた。そのおまわりさんの顔《かお》が、電灯《でんとう》のあかりにてらされて、ちらっと見《み》えた。

「マモ兄《にい》ちゃんだ……！」

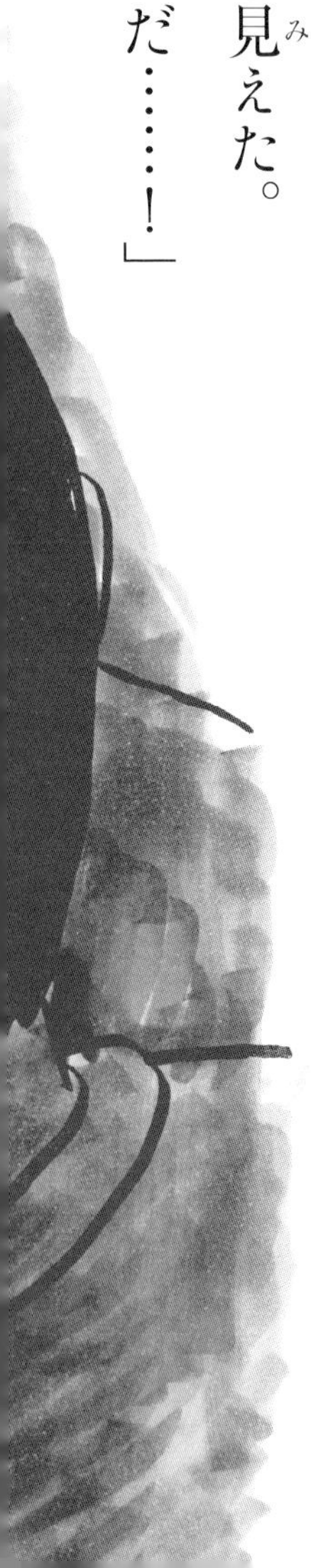

びっくりしてその顔《かお》を見《み》つめてから、おれは部屋《へや》の時計《とけい》をたしかめた。時間《じかん》はもう十一時《じ》すぎ。いつも帰《かえ》りのおそい父《とう》ちゃんも、とっくに帰《かえ》ってきてる時間《じかん》だ。

自転車《じてんしゃ》にのってパトロールをつづけるマモ兄《にい》ちゃんを見《み》おくりながら、おれは心配《しんぱい》な気持《きも》ちになった。マモ兄《にい》ちゃん、こんなにおそい時間《じかん》まではたらいてたんだ。このパトロールがおわったら、うちに帰《かえ》れるのかな。

おまわりさんの仕事《しごと》は、おれが思《おも》っているよりも、ずっとたいへんなのかもしれない。地味《じみ》で、しかもたいへんだなんて、おれはなんだかマモ兄《にい》ちゃんのことが、かわいそうになってしまった。

つぎの朝《あさ》、学校《がっこう》にいくとちゅうで、おれは道《みち》ばたにキラッと光《ひか》るものを見《み》つけた。

「あっ、これピアスじゃん。なんでこんなとこに……。」

赤《あか》い宝石《ほうせき》のくっついた、高《たか》そうなピアスだった。おれはそのピアスを、すぐにマモ兄《にい》ちゃんの交番《こうばん》にとどけることにした。

「マモ兄《にい》ちゃん、もう交番《こうばん》にいるのかな。」

きのうはあんなにおそくまでパトロールをしていたけど、とおれは思《おも》った。そういえば、交番《こうばん》っていつも何時《なんじ》にしまるんだろう。朝《あさ》は何時《なんじ》からやってるのかな。そんなことを考《かんが》えながらあるいているうちに、交番《こうばん》についた。

マモ兄《にい》ちゃんは、もうちゃんと仕事《しごと》をしていた。すごくねむそうな顔《かお》で、またなにかの書類《しょるい》を書《か》いている。けれどおれがきたのに気《き》がつくと、すぐに明《あか》るいえがおになって、『ゼノデッカー』の決《き》めポーズであいさつをしてくれた。

「マモ兄《にい》ちゃん、これ、そこの道《みち》でひろったんだけど。」

「おっ、とどけてくれたのか。ありがとう。落《お》としものの書《しょ》類《るい》を書《か》くから、ちょっとまってくれよ。」

おれはうん、とうなずいてピアスをわたした。交番《こうばん》には、いまもうひとりべつのおまわりさんがいることが多《おお》いけど、いまいるのはマモ兄《にい》ちゃんひとりだけだった。

机《つくえ》のひきだしから新《あたら》しい書類《しょるい》をだしたところで、マモ兄《にい》ちゃんはでっかいあくびをした。それから、おっと、というふうにおれを見《み》て、てれくさそうな顔《かお》をする。

やっぱり、すごくねむそうだ。そりゃあ、あんな時間《じかん》まではたらいてたら、ねむいのはあたりまえだよ。

おれはマモ兄《にい》ちゃんに言《い》ってみた。

「きのうさ、おれんちのまえで、よっぱらいのおじさんを注《ちゅう》意《い》してたでしょ。」

「おう、してたけど……なんだナオト、いつもあんなおそい時間《じかん》までおきてるのか？」

「いや、声《こえ》がうるさくておきちゃって。マモ兄《にい》ちゃん、あのあとすぐに帰《かえ》れたの？」

「ああ、まだ帰《かえ》ってないんだ。」

マモ兄《にい》ちゃんはさらっとこたえた。それをきいて、おれは耳《みみ》をうたがった。まだ帰《かえ》ってないって、きのうからずっと交《こう》番《ばん》ではたらいてるってこと⁉

目《め》をまるくしているおれに、マモ兄《にい》ちゃんが言《い》った。

「交番《こうばん》は二十四時間営業《じかんえいぎょう》なんだ。夜《よる》のほうが事件《じけん》が多《おお》いし、一一〇番《ばん》の通報《つうほう》は真夜中《まよなか》だってかかってくるだろ。だからおまわりさんも、二十四時間《じかん》はたらいてるんだよ。」

「二十四時間《じかん》って、毎日《まいにち》二十四時間《じかん》!?」

「さすがに毎日《まいにち》二十四時間《じかん》はムリだから、おまわりさんは基本的《きほんてき》に三日《みっか》に一日《にち》、二十四時間《じかん》はたらくことになってるんだ。ほら、三人《にん》のおまわりさんが、それぞれ三日《みっか》に一日《にち》ずつ

はたらけば、交番《こうばん》をずっとあけていられるだろ。わかりやすく説明《せつめい》すると、一日目《にちめ》の朝《あさ》から二日目《ふつかめ》の朝《あさ》まではたらいたら、二日目《ふつかめ》は仕事《しごと》がおわったあとは休《やす》み、三日目《みっかめ》も休《やす》み。」

もっとも、実際《じっさい》は二日目《ふつかめ》の夕方《ゆうがた》まで仕事《しごと》がおわらなかったり、三日目《みっかめ》も休《やす》みにならなかったりすることも多《おお》いんだけどな、とマモ兄《にい》ちゃんはつけくわえた。

マモ兄《にい》ちゃんはへいきな声《こえ》で説明《せつめい》してくれたけど、それってたいへんどころじゃないじゃないか！　二十四時間《じかん》はたらいて、おまけに休《やす》みもないかもしれないなんて！

「けど、けどさ、二十四時間《じかん》はたらいてるって言《い》っても、ねる時間《じかん》くらいはちゃんとあるんでしょ？」

「ああ、ふつうは交番《こうばん》のおくにあるベッドで、短《みじか》い時間《じかん》だけねむれるんだけどさ。ゆうべは一一〇番《ばん》の通報《つうほう》が何度《なんど》もあって、いそがしくてねてるひまがなかったんだ。だから、ときどきあくびがでちゃうのは見《み》のがしてくれよ。」

マモ兄《にい》ちゃんはニカッ、と笑《わら》ってみせる。

だけど、ねてないせいで顔色《かおいろ》はよくないし、目《め》もはれぼったい。その顔《かお》を見《み》ていたら、おれはマモ兄《にい》ちゃんのことが心配《しんぱい》で心配《しんぱい》でしかたなくなってしまった。

「じゃあ、ピアスをひろった場所《ばしょ》を、もうちょっとくわしく教《おし》えてくれるか？」

「そんなことより、ねたほうがいいよ。交番《こうばん》、カギしめてさ。きのうの夜《よる》からずっとねないではたらきっぱなしなんて、マモ兄《にい》ちゃんたおれちゃうよ！」

おれは必死《ひっし》に言《い》った。けれどマモ兄《にい》ちゃんは、やさしく目《め》をほそめると、おれのかみをくしゃっ、となでて言《い》った。

「心配《しんぱい》してくれてありがとな、ナオト。だけど、これがおまわりさんの仕事《しごと》だからな。」

マモ兄《にい》ちゃんの顔《かお》は、つらいとかたいへんだとか、ぜんぜんそういうふうじゃなかった。それはなんだかとてもほこらしそうな顔《かお》で、その顔《かお》を見《み》たおれは、マモ兄《にい》ちゃんになんて言《い》ったらいいか、わからなくなってしまった。

どうしてそんなにたいへんなのに、マモ兄《にい》ちゃんはおまわりさんをしているんだろう。おれはマモ兄《にい》ちゃんにきいてみたかった。だけどそのとき、きげんのわるい声《こえ》がきこえた。

「おまわりさん、ちょっと。」

交番《こうばん》のまえで、ぶすっとした顔《かお》のおばちゃんがうでぐみをしていた。マモ兄《にい》ちゃんが、「ああ、冬島《ふゆしま》さん。」とそっちにいくと、おばちゃんはおこったように言《い》った。

「ねえ、うちのムーンちゃん、まだ見《み》つからないの？　ゆくえ不明《ふめい》になってから、もう一週間《しゅうかん》になるのよ？」

「すみません、パトロールのときに、注意《ちゅうい》してさがしているんですが……。」

ゆくえ不明《ふめい》なんて言《い》うからびっくりしたけど、ムーンっていうのは、おばちゃんが飼《か》ってるネコのことらしかった。そうだ、思《おも》いだした。近所《きんじょ》の電柱《でんちゅう》に「さがしています。」のはり紙《がみ》がしてある、おでこに三日月《みかづき》もようがあるネコだ。

マモ兄《にい》ちゃんが、
「人手《ひとで》がたりないから、
パトロールのついでに
さがすくらいしかできないんです。」
と説明《せつめい》しても、おばちゃんは
なっとくしなかった。
キンキンうるさい声《こえ》で、
マモ兄《にい》ちゃんをせめつづける。
「人手《ひとで》がたりないなんて言《い》って、
どうせ交番《こうばん》のなかで
だらだらしてるんでしょ。

その時間《じかん》で、もっとまじめにあたしのムーンちゃんをさがしなさいよ。心配《しんぱい》のしすぎで、あたしがたおれたりしたら、あなたのせきにんよ！」

自転車《じてんしゃ》のじいちゃんにおこられてたときみたいに、マモ兄《にい》ちゃんはまたぺこぺこ頭《あたま》をさげていた。だけど、ムチャクチャなことを言《い》われてるのに、なんでマモ兄《にい》ちゃんがあやまらなくちゃいけないんだ。自分《じぶん》のことみたいにくやしくて、おれはからだがあつくなった。

「そうやってあやまるだけなら、だれだってできるわ。ほんとうにもうしわけないと思《おも》ってるなら、いますぐムーンちゃんをさがしにいったらどうなの、ねえ！」

おばちゃんがまたわめいた。そこでとうとうがまんができなくなって、おれはおばちゃんのまえに立《た》ちはだかった。

「やめろよ！」

おれはおばちゃんをにらみつけてどなった。

「マモ兄《にい》ちゃんは、いっしょうけんめいがんばってるんだ。きのうだって、ずっとねないではたらいてたんだ。なのに、なんでそんなにマモ兄《にい》ちゃんをいじめるんだよ！」

おばちゃんはびっくりして口《くち》をぱくぱくさせていた。マモ兄《にい》ちゃんが、ナオト、とおれをよんだけど、おれはどなるのをやめなかった。ことばがどんどんとびだしてきて、どなるのをやめられなかった。

「そんなに大事《だいじ》だったら、自分《じぶん》でさがせばいいだろ。おまわりさんはたいへんなんだぞ。パトロールとか、一一〇番《ばん》とか！　大人《おとな》のくせにそんなこともわからないのかよ、バカ！」

「ナオト！」

おれはびくっとしてふりかえった。するとマモ兄《にい》ちゃんがきびしい顔《かお》でおれを見《み》つめていた。

「そんな失礼《しつれい》なことを言《い》っちゃダメだ。ほら、冬島《ふゆしま》さんにちゃんとあやまりな。」

なんでだよ、とおれは思《おも》った。なんでそんなこと言《い》うんだよ。おれはマモ兄《にい》ちゃんのためにおこってるんだぜ。それなのに、なんで……。

なみだがこぼれそうになるのをこらえて、キッとマモ兄《にい》ちゃんをにらむと、おれはなにも言《い》わずに交番《こうばん》からとびだした。マモ兄《にい》ちゃんの声《こえ》がおいかけてきたけど、おれはうしろ

をふりかえらずに走《はし》りつづけた。

マモ兄《にい》ちゃんにしかられて交番《こうばん》をとびだしてから、五日《いつか》がたった。あれからずっと、おれは交番《こうばん》に近《ちか》づいていなかった。

しかられたことを、まだおこってるわけじゃない。おれだって、バカとか言《い》っちゃったのはまずかったかな、と思《おも》ってる。だけどおれは、どうしてもあやまる気《き》になれなくて、マモ兄《にい》ちゃんに会《あ》えないでいた。

ミニバスの練習《れんしゅう》の帰《かえ》り道《みち》、赤信号《あかしんごう》で自転車《じてんしゃ》を止《と》めたおれは、電柱《でんちゅう》にあったネコさがしのはり紙《がみ》に気《き》がついた。マモ兄《にい》ちゃんをいじめていたおばちゃんのネコ、ムーンのはり紙《がみ》だ。

如月会計事務所
入口→
123-45
さがしています。
なまえ ムーン
「ムーン」とよぶと
「ニャー」といい

「あのおばちゃん、まさか毎日交番《まいにちこうばん》にもんくをいいにきてるわけじゃないよな……。」

もしそうだとしたら、マモ兄《にい》ちゃんがかわいそうすぎる。

マモ兄《にい》ちゃんのために、おれにもなにかできることはないかな。おれがそう思《おも》いながら、また自転車《じてんしゃ》をこぎだそうとした、そのときだった。

目《め》のまえの家《いえ》の庭《にわ》から、ネコがでてくるのが見《み》えた。そのおでこにある、三日月形《みかづきがた》のもようも。おれはあわててそのネコと、はり紙《がみ》の写真《しゃしん》を見《み》くらべた。まちがいない、あそこにいるのは、ゆくえ不明《ふめい》になっているムーンだ！

「あっ、まて！」

ぱっとにげだしたムーンをおいかけて、
おれは全速力《ぜんそくりょく》で自転車《じてんしゃ》をとばした。
あいつをつかまえられれば、
マモ兄《にい》ちゃんはもうおばちゃんに
いじめられずにすむ。おれの頭《あたま》のなかは、
それだけでいっぱいだった。

ムーンはひとけのない公園《こうえん》に
にげこんだ。おれも乱暴《らんぼう》に自転車《じてんしゃ》を
止《と》めておいつくと、ムーンは
するすると正面《しょうめん》の木《き》にのぼって、
枝《えだ》のうえからこっちを見《み》おろしていた。

木《き》のぼりはとくいだけど、ムーンのいる枝《えだ》は家《いえ》の二階《かい》よりもっと高《たか》いところにある。落《お》ちたらぜったいあぶない高《たか》さだ。それでもおれは、あきらめることができなかった。たいへんな仕事《しごと》をしているマモ兄《にい》ちゃんを、ほんのちょっとでもたすけてあげたかった。

がむしゃらに幹《みき》をのぼって枝《えだ》に立《た》つと、ムーンはまだその枝《えだ》でおとなしくしていた。

「そのまま、じっとしてろよ……。」

おれはじりじりとムーンに近《ちか》づいていった。ところがあとちょっとで手《て》がとどくというときになって、ムーンがとつぜん、おれのほうにとびかかってきた。

おれはうわっ、とあとずさりをした。そのひょうしに足《あし》がすべって、おれは枝《えだ》から落《お》っこちてしまった。

「うわあああああああああっ！」

自分《じぶん》のさけび声《ごえ》にまじって、「ナオト！」となまえをよばれた気《き》がした。そしてそれからすぐに、だれかのうでが、おれのからだを、がしっ、とうけとめた。

最初《さいしょ》に目《め》にはいったのは、こん色《いろ》の制服《せいふく》だった。おれがはっとして見《み》あげると、マモ兄《にい》ちゃんが心配《しんぱい》そうに、おれの顔《かお》をのぞきこんでいた。

マモ兄《にい》ちゃんが、おれをうけとめてくれたんだ。まるで、ほんとうにまるで、特撮番組《とくさつばんぐみ》のヒーローみたいに。

「だいじょうぶか、いたいところはないか、ナオト。」

マモ兄《にい》ちゃんがおれを地面《じめん》におろして言《い》った。なんとかこくんとうなずいてから、おれはマモ兄《にい》ちゃんにたずねた。

「マモ兄《にい》ちゃん、どうしてここに……。」

「パトロール中《ちゅう》、公園《こうえん》のまえにナオトの自転車《じてんしゃ》がたおれてたから、気《き》になってなかを見《み》にきたんだよ。まったく、なんてあぶないことをしてるんだ。おれがまにあわなかったら、大《おお》けがをしてたところだぞ。」

マモ兄《にい》ちゃんがおれをしかった。ほんとうに、マモ兄《にい》ちゃんの言《い》うとおりだった。いまになってこわくなってしまって、おれはなみだまじりにあやまった。

「ごめんなさい。おれ、ムーンをつかまえようとして……ムーンがつかまれば、もうマモ兄《にい》ちゃんがいじめられずにすむと思《おも》って……。」

マモ兄《にい》ちゃんが「ムーン？」と首《くび》をかしげたところで、にゃあ、となき声《ごえ》がきこえた。マモ兄《にい》ちゃんとおれがそっちを見《み》ると、ムーンがすこしはなれた場所《ばしょ》におすわりをして、のんきにしっぽをゆらしていた。

おれはいそいでムーンをつかまえようとした。だけどマモ兄《にい》ちゃんはそれを止《と》めて、制服《せいふく》のポケットから小《ちい》さな枝《えだ》をとりだした。マモ兄《にい》ちゃんはその枝《えだ》をふりながら、「こっちこい、こっちこい。」とムーンをよんだ。

「その枝《えだ》、なに？」

「マタタビの枝《えだ》だよ。ネコがにおいをかぐと、よっぱらってうごけなくなっちゃうやつ。パトロール中《ちゅう》にムーンを見《み》つけたときのために、用意《ようい》しておいたんだ。」

ムーンはこっちによってくると、マタタビの枝《えだ》のにおいをかいで、すぐにぐでんぐでんになってしまった。それからマモ兄《にい》ちゃんは、携帯電話《けいたいでんわ》であのおばちゃんに連絡《れんらく》をした。

「冬島《ふゆしま》さん、すぐここにくるってさ。ナオト、おれのためにムーンをつかまえようとしてくれてありがとうな。けど、あぶないことはしてくれるなよ。」

マモ兄《にい》ちゃんはそう言《い》って、おれのかみをなでた。

「それに、このまえもわるかったな。冬島《ふゆしま》さんからおれをかばってくれたのに、ナオトのことをしかったりして。」

「ううん、おれも言《い》いすぎちゃって……。」

おれがこたえかけたところで、マモ兄《にい》ちゃんが、「ほんとはあのとき、おれもおこりたかったんだ。」と言《い》った。そのことばにおれがびっくりしていると、マモ兄《にい》ちゃんはないしょ話《ばなし》をするようにつづけた。

「冬島《ふゆしま》さん、ムチャクチャなことばかり言《い》うからさ。だけど、冬島《ふゆしま》さんもネコがゆくえ不明《ふめい》になってこまってるわけだし、おまわりさんとして、こまってるあいてには親切《しんせつ》にしなくちゃ、って思《おも》って、がまんしてたんだ。」

あんなにひどいことを言《い》われても、こまっている人《ひと》には親《しん》切《せつ》にしてあげなくちゃいけない。おまわりさんって、やっぱりたいへんな仕事《しごと》なんだな。

マモ兄《にい》ちゃんの話《はなし》をきいて、おれはあらためて思《おも》った。

　そこでおれは、ずっと気《き》になっていたことを、マモ兄《にい》ちゃんにきいてみた。

「あのさ、マモ兄《にい》ちゃんは、どうしておまわりさんになろうと思《おも》ったの？」

「それは……。」

マモ兄《にい》ちゃんは、どうこたえるかまよったみたいだった。けれどおれがしんけんに返事《へんじ》をまっていると、マモ兄《にい》ちゃんはてれくさそうにつづけた。

「ほら、おれって、特撮《とくさつ》ヒーローが好《す》きだったろ。だから、ああいうヒーローみたいな仕事《しごと》がしたいって、ずっと思《おも》ってたんだ。」

「おまわりさんが、ヒーローみたいな仕事《しごと》？」

「そう。おまわりさんの仕事《しごと》は、町《まち》に住《す》む人々《ひとびと》の平和《へいわ》なくらしをまもること、それに、こまってる人《ひと》たちをたすけることだ。地味《じみ》だし、そんなにカッコよくないし、おこられたりきられたりすることもあるけど、特撮番組《とくさつばんぐみ》のヒーローとかわらない仕事《しごと》をしているんだ。そういう仕事《しごと》をしていることが、すごくほこらしいんだよ。それにもちろん、たすけたあいてにありがとう、って言《い》ってもらえるのは、なによりうれしいしな。」

だからおれは、おまわりさんをしているんだ、とマモ兄《にい》ちゃんは言《い》った。

まっすぐなまなざしでそう話《はな》すマモ兄《にい》ちゃんのことを、おれは心《こころ》の底《そこ》からカッコいいと感《かん》じていた。大事件《だいじけん》のそうさをしたり、怪人《かいじん》とたたかったりしていた、『ゼノデッカー』の主人公《しゅじんこう》の刑事《けいじ》にも、まけないくらいカッコいい、って。

おれがマモ兄《にい》ちゃんの顔《かお》を見《み》つめていると、
「ムーン！」と大《おお》きな声《こえ》がきこえて、
飼《か》い主《ぬし》のおばちゃんが走《はし》ってきた。
おばちゃんはムーンをだきあげると、
このまえとは別人《べつじん》みたいに、
マモ兄《にい》ちゃんにお礼《れい》を言《い》った。
「ありがとう、おまわりさん。
このまえは、ひどいことをたくさん言《い》って
ごめんなさい。ムーンを見《み》つけてくれて、
ほんとうにありがとう！」
「いや、ぶじに見《み》つかってなによりです。

それと、ムーンを見《み》つけてくれたのは、じつはこのナオトなんですよ。」

マモ兄《にい》ちゃんがうれしそうに教《おし》えると、おばちゃんがおれにも礼《れい》を言《い》ってきた。このおばちゃんのことはきらいだったのに、おれはなんだかわるい気分《きぶん》じゃなかった。

ありがとう、って言《い》ってもらえるのがうれしい。マモ兄《にい》ちゃんのことばを思《おも》いだして、おれもマモ兄《にい》ちゃんに言《い》った。

「マモ兄《にい》ちゃん、おれも、たすけてくれてありがとう。」

マモ兄《にい》ちゃんはおれのほうをむくと、まぶしいくらいのえがおで敬礼《けいれい》をしてから、にぎったその手《て》をカッコよくまえにつきだしてみせた。

ミニバスの練習《れんしゅう》がおわると、外《そと》はもうくらくなっていた。

「じゃあナオト、またあした。」

「ああ、じゃあまたな！」

チームのなかまに手《て》をふって、おれは自転車《じてんしゃ》をこぎだした。

もちろん、ライトはわすれずにつけて。

商店街《しょうてんがい》をとおりすぎると、いつもの交番《こうばん》が見《み》えてくる。マモ兄《にい》ちゃんはきょうもそこで、いっしょうけんめいおまわりさんの仕事《しごと》をしている。地味《じみ》でたいへんだけど、町《まち》をまもる大事《だいじ》な仕事《しごと》。こまっている人《ひと》たちをたすける、ヒーローみたいな仕事《しごと》を。

「マモ兄《にい》ちゃん！」

交番《こうばん》のまえで自転車《じてんしゃ》を止《と》めてよびかけると、なかにいたマモ兄《にい》ちゃんがおれのほうをむいて、えがおになった。それからおれとマモ兄《にい》ちゃんはいっしょに敬礼《けいれい》をして、ヒーローの決《き》めポーズであいさつをかわした。

警察官《けいさつかん》のまめちしき

警察官《けいさつかん》のお仕事《しごと》にちょっぴりくわしくなる

オマケのおはなし

おまわりさんと刑事《けいじ》さんはちがうの？

ナオトは、おまわりさんになったマモ兄《にい》ちゃんを見《み》て、事件《じけん》のそうさをしたり、犯人《はんにん》をおいつめたりするすがたをそうぞうしましたが、ちょっとイメージとちがっていたようですね。

おまわりさんも刑事《けいじ》さんも、たしかに警察官《けいさつかん》なのですが、ひとくちに警察官《けいさつかん》といっても、いろいろな仕事《しごと》があります。

マモ兄《にい》ちゃんは「地域警察官《ちいきけいさつかん》」といって、交番《こうばん》ではたらく「おまわりさん」です。私《わたし》たちが、ふだん会《あ》うことのいちばん多《おお》い警察官《けいさつかん》です。

あなたの家《いえ》の近《ちか》くにも、交番《こうばん》があるのではないでしょうか。交番《こうばん》に行《い》ったとき、「定休日《ていきゅうび》」という札《ふだ》がかかっていたことはないですよね。

交番《こうばん》には毎日《まいにち》二十四時間《じかん》、おまわりさんたちが交代《こうたい》で出勤《しゅっきん》して、道案内《みちあんない》や落《お》としものの管理《かんり》、町《まち》のパトロールなどをしています。交代《こうたい》で番《ばん》をするから、「交番《こうばん》」とよばれているんですよ。

事件《じけん》がおこったときに、捜査《そうさ》をして、犯人《はんにん》を見《み》つけて逮捕《たいほ》するのは、警察官《けいさつかん》のなかでも「刑事警察《けいじけいさつ》」といいます。テレビドラマや映画《えいが》で取《と》り上《あ》げられることが多《おお》い警察官《けいさつかん》ですね。刑事《けいじ》には、事件現場《じけんげんば》で、指紋《しもん》などのしょうこを集《あつ》めてしらべる、鑑識《かんしき》という仕事《しごと》をする人《ひと》もいます。

ナオトの頭《あたま》のなかでは、近所《きんじょ》のおまわりさんと、テレビで見《み》た刑事《けいじ》がまざってしまったのかもしれませんね。

ほかにもいる警察官《けいさつかん》

ほかにも、いろいろな仕事《しごと》をしている警察官《けいさつかん》がいます。

【警備警察《けいびけいさつ》】

大《おお》きな事故《じこ》や大地震《だいじしん》などの災害《さいがい》から私《わたし》たちを守《まも》ってくれる警《けい》察官《さつかん》です。大勢《おおぜい》の人《ひと》が集《あつ》まるイベントなどで事故《じこ》がおこらないように警備《けいび》したり、地震《じしん》や台風《たいふう》の被災者《ひさいしゃ》を救助《きゅうじょ》したりします。最近《さいきん》では、テロの不安《ふあん》も高《たか》まっているので、とても重要《じゅうよう》な仕事《しごと》です。

【交通警察《こうつうけいさつ》】

白《しろ》バイ（白《しろ》いオートバイ）にのった、制服姿《せいふくすがた》の警察官《けいさつかん》を見《み》たことはありませんか？ 交通警察官《こうつうけいさつかん》は、白《しろ》バイやパトカーにのって道路《どうろ》をパトロールして、交通違反《こうつういはん》をとりしまったり、交通事故《こうつうじこ》の処理《しょり》をしたりします。女性《じょせい》の警察官《けいさつかん》も多《おお》くはたらいています。

【生活安全警察《せいかつあんぜんけいさつ》】

身近《みぢか》な犯罪《はんざい》や事故《じこ》をふせいで、私《わたし》たちの生活《せいかつ》の安全《あんぜん》を守《まも》ってくれる警察《けいさつ》です。たとえば、夜中《よなか》に町《まち》をうろついている子《こ》どもがいたら、注意《ちゅうい》をしたり、親《おや》や学校《がっこう》に連絡《れんらく》したりします。また、子《こ》どもやその両親《りょうしん》の相談《そうだん》にのったりもします。

このように、警察官《けいさつかん》といっても、さまざまな仕事《しごと》をしている人《ひと》がいます。そしてその数《かず》は、日本全国《にほんぜんこく》で約《やく》二十九万人《まんにん》にもなります！

警察官《けいさつかん》になるには

警察官《けいさつかん》になるために、子《こ》どものときから特別《とくべつ》な勉強《べんきょう》をしなければいけない、ということはありません。

高校《こうこう》・短大《たんだい》・大学《だいがく》のどれかを卒業《そつぎょう》すると、採用試験《さいようしけん》を受《う》けることができます。合格《ごうかく》したら、「警察学校《けいさつがっこう》」に入《はい》って、法律《ほうりつ》の勉強《べんきょう》や、武道《ぶどう》の訓練《くんれん》をしたり、拳銃《けんじゅう》の使《つか》い方《かた》などを学《まな》びます。十か月《げつ》（または六か月《げつ》）警察学校《けいさつがっこう》で勉強《べんきょう》をしたら、ついに警察官《けいさつかん》としてデビューです。

警察官《けいさつかん》になるには、まず「犯罪《はんざい》は許《ゆる》さない！」という強《つよ》い気持《きも》ちをもっている人《ひと》がいいでしょう。

それから、おまわりさんでも刑事《けいじ》でも、親身《しんみ》になって人《ひと》の話《はなし》を聞《き》くことができる人《ひと》がむいているかもしれません。マモ兄《にい》ちゃんのところには毎日《まいにち》いろんな人《ひと》が相談《そうだん》にやってきますし、刑事《けいじ》が容疑者《ようぎしゃ》をとりしらべるときも、まずは相手《あいて》の話《はなし》をしっかり聞《き》くことが必要《ひつよう》ですね。

如月かずさ｜きさらぎかずさ

1983年、群馬県生まれ。東京大学教養学部卒業。『サナギの見る夢』で第49回講談社児童文学新人賞佳作を受賞。『ミステリアス・セブンス　封印の七不思議』（岩崎書店）で第7回ジュニア冒険小説大賞を受賞。『カエルの歌姫』（講談社）で第45回日本児童文学者協会新人賞を受賞。その他の作品に『怪盗王子チューリッパ！』（偕成社）、『ふしぎなコウモリガサ』（小峰書店）などがある。

田中六大｜たなかろくだい

1980年、東京都生まれ。『ひらけ！なんきんまめ』（作／竹下文子、小峰書店）で、産経児童出版文化賞フジテレビ賞を受賞。その他の作品に「日曜日」シリーズ（作／村上しいこ）、『4月のおはなし　ドキドキ新学期』（作／はやみねかおる）、『しょうがっこうへいこう』（作／斉藤洋）、『でんせつのいきものをさがせ！　ネッシー・ツチノコ・カッパはどこだ？』（以上、講談社）などがある。

装丁／大岡喜直（next door design）
本文 DTP ／脇田明日香

おしごとのおはなし　警察官《けいさつかん》
交番《こうばん》のヒーロー

2016 年 2 月 24 日　第 1 刷発行

作　如月《きさらぎ》かずさ
絵　田中六大《たなかろくだい》
発行者　清水保雅
発行所　株式会社講談社
〒 112-8001 東京都文京区音羽 2-12-21
電話　編集 03-5395-3535　販売 03-5395-3625　業務 03-5395-3615
印刷所　豊国印刷株式会社
製本所　黒柳製本株式会社

N.D.C.913 79p 22cm ©Kazusa Kisaragi / Rokudai Tanaka 2016 Printed in Japan ISBN978-4-06-219891-2